딸
책
냥

태어난 모두의 하루를 응원하며

차
례

프롤로그

사는 사람

학교에 다녀온 큰 딸 인이는 껍데기를 훌훌 벗고 내복 차림이 되어 다용도실 문을 연다. 분리수거를 위해 모아둔 크고 작은 상자, 과일이나 채소를 담았던 플라스틱 용기, 음료수 뚜껑 따위를 만지작거리다 입가에 미소가 번진다. 양손 가득 보물을 손에 넣은 그녀. 서랍 속에서 잠자던 도구들을 책상 위에 늘어놓는가 싶더니 곧 뭔가를 자르고 붙이는 소리가 경쾌하게 들려온다.

퇴근 후, 집 안을 정리하고 저녁 식사 준비를 하느라 분주한 시간이 마무리될 때쯤 다가오는 그녀의 자랑스러운 얼굴.

"엄마, 나 다 만들었어요!" 인이는 만드는 사람이다.

남편에게 이직 기회가 생겨, 제주에 이주한 우리 가족은 매일 동네 마트에서 파는 싱싱한 회를 먹으며 바닷가에 사는 특별한 즐거움을 누렸다. 아이들은 네 살, 여섯 살. 날생선을 먹기엔 아직 어리다 싶어 조심스러운 맘에 아이들 용 음식을 따로 준비하던 어느 날 막내 온이가 회에 관심을 보였다.

"맛볼래? " 하고 내민 황돔회 한 점을 주저 없이 입에 넣고는 눈이 동그래져,

"이거 이름이 뭐예요? " 하던 그 날 이후, 그녀는 회 애호가가 되었다. 그렇게 철 따라 달라지는 생선회의 종류를 마다치 않고 즐기다 광어 지느러미를 맛보곤,

"음, 이거 맛있는 거네!" 깨달음을 얻은 그녀. '노란색' 파프리카 채, 부추전의 '바삭이' 부분, 굴비의 '알'과 함께 '생선회 지느러미'를 마음속 미식의 전당에 올려놓은 그녀는 그 후에도 새로운 음식을 맛보고, 묻고, 마음에 담고, 요구하며 하루 세끼를 보낸다. 잠들기 전 팔베개를 한 내 귀에 속삭이는 말,

"엄마, 내일 아침에 크림 수프 해줘요. 그리고 유치원 갔다 와서 인절미랑 분홍색 꿀떡 두 개 다 먹을래요."

"여보, 온이는 먹는 사람인 것 같아." 아이의 미식 계획을 전하는 내 말을 들은 남편의 부러움 섞인 한마디.
"와, 좋겠다!"

남편은 내가 해 준 음식을 가리거나 남기지 않고 먹는다.

그에게 내 음식은 생존이나 즐거움을 위한 수단이라기보다는 가정에서 느낄 수 있는 따뜻한 사랑이다. 신선한 재료로 만든 음식이면 감칠맛이 적거나 모양이 형편없어도 맛있게 먹는다. 기대가 적고 감사가 큰 그의 식습관 덕에 식사 담당인 내 맘도 부담보다 기쁨이 크다.

그런 그는 종종 식사 시간에 다른 세상으로 떠난다. 사람의 마음을 더 살펴 대했더라면, 하는 후회가 있거나 근사하게 해내고 싶은 과업이 있는 날이다.

쉴 새 없이 종알대는 아이들이, "아빠!" 하고 여러 번 부르면, 이야기를 모두 놓쳐 멋쩍은 표정으로 먼 곳에서 돌아온다. 설거지하기 전 그릇을 정리하다가도 눈빛은 생각에 잠겨있고, 남은 음식을 냉장고에 넣고 돌아오다 갑자기 거실로 가 뒷짐을 지고 서성인다.

"여보……. 무슨 사람인지 알겠다." 실실대며 삐져나오는 웃음을 참는 나를 보는 그. 호기심 뒤로 불안함이 묻은 표정이다.

"여보 그거야, 생각하는 사람."

가장 골치 아픈 패를 손에 쥔 채로 부인하지 못하는 슬픈 미소.

"나도 그냥 먹는 사람 하고 싶다⋯⋯." 탈락이야, 먹다 말고 생각하는 사람.

그동안 스스로를 '읽는 사람'이라고 생각해 온 나는 지난해 처음 북 페어에 참여했다. '파는 사람'으로서의 나를 보는 일이 어색해 안절부절못하고 있을 때, 방문해 준 사람들은 나를 '쓰고 엮는 사람'으로 보아주었다. 내 안의 '창작하는 사람'을 발견해 주는 시선들, 맑은 응원이 되어 기운을 북돋는다.

우리는 호모루덴스, 놀이하며 살아간다. 놀이하며 빛나는 삶을 누리고 사랑을 한다. 해내야 하는 것들이 늘어가는 세상 속에서 놀이의 자리가 줄어들 때는, 한때 좀 놀았던 사진이나 그림이나 글이나 노래를 들여다보는 일이 힘이 되어 준다.

"우리 창작하는 사람으로 살아요." 쓰고 엮는 일이 그저 꿈이었던 시절, 읽고 연주하는 사람인 그녀가 내 마음 곁에 있어 주었다. 나누는 대화 속에 영감이 가득해 곱게 싸서 담아둔 맘이 넘친 어느 날, 잊히기엔 아까운 것들을 종이 위에 늘어놓다 나의 이야기가, 글이 되었음을 기억한다.

같은 동네에서 지낸 시간은 짧았고, 전화로, 메시지로 나눈 이야기들은 일상의 분주함 속에 조각나기 일쑤였지만, 그 속에서도 서로의 '창작하는 사람'을 믿고 말하고 듣고 응원한 우리. 무엇을 위해서가 아니라, 하루를 잘 살아내기 위해 함께 쓰고 연주하고, 그렇게 놀이하며 살아가기로 약속한다.

어떤 사람이든, 무엇을 하는 사람이든 삶이 버겁고 고단한 순간이면 잠시 손에 쥔 것을 놓고 내 안의 '놀이하는 사람'을 들여다봐야 한다. 나만이 할 수 있는 내 몫의 창작, 그 고유함을 나눌 이웃이 있다면 더욱 좋겠다.

그렇게 잠시의 행운을 누리고, 언젠가 다시 삶에 지칠 때 꺼내어 열어 볼 힘을 만들며, 우리는 모두 그렇게 '사는 사람' 들이다.

너를 좋아해

"날 사랑하는 건 알아. 그거 말고 그냥 날 좋아해 주면
안 돼?"

그레타 거윅 감독의 영화 '레이디 버드'의 사춘기 소
녀 크리스틴은 유난스러운 못난 짓들을 일삼고, 그런 그
녀를 한숨 쉬며 바라보는 엄마를 향해 호소한다.

걱정도 사랑의 한 형태임을 알지만, 불안한 자아를 마
주하며 누군가의 믿음과 지지가 절실한 마음. 그녀가 엄
마에게 바란 애정은 사실, 스스로가 주고 싶은 마음이었
을 것이다.

이제 일곱 살이 된 막내 온이와 잘 준비를 마치고 침대에 눕자 그녀가 물어왔다.

　　"엄마는 왜 나를 사랑해요? "

　　온이는 엄마의 딸이고 그 자체로 아주 소중하고 사랑스러운 존재이기 때문이라고 말하자 그녀는 미심쩍은 듯 다시 묻는다.

　　"내가 엄마한테 물을 떠다 줘서?　내가 작고 귀여워서? "(그녀가 애교가 많고 유난히 작고도 귀여운 건 사실이며, 나는 우리 집 막내에 대해 이렇게 팔불출로 애정을 표하는 엄마인데도 그녀는 의심이 많았다.) 나는 다시, 온이가 물을 떠주는 건 정말 고맙지만, 네가 맛있는 걸 혼자 다 먹고 엄마 말을 안 듣고 미운 짓만 골라서 해도 엄마는 온이를 사랑할 거라고 말했다. (다른 사람의 기대와 관심에 민감한 온이는, 이 말의 진실을 확인하러 그녀가 일부러 못된 짓을 하지는 않을까 두려운 내 속내까지 다 읽었을 것이다.) 그러자 갑자기 그녀가 하는 말,

"엄마, 하나님은 내가 아무리 잘못해도 끝없이 기회를 주신대요." 나는 신이 아니건만, 그녀는 신에 준하는 사랑을 엄마에게 요구하며 또한 인간이 줄 수 있는 사랑의 한계를 직감하기에 불안해하고 있었다.

나는 온이를 사랑하기에, 그녀가 길바닥에서 반짝이는 스티커를 주우면 세균 벌레가 옮겨붙으니 버리라고 얼굴을 찌푸린다. 유치원에 다녀와 땅청을 부리는 그녀를 가자미 눈으로 바라보다가 피곤하다는 소리를 들으면 쉬기 전에 숙제 먼저 해야 했다고 싫은 소리를 한다. 6년간 크고 오랜 사랑을 받아 낡고 해진 그녀의 토끼 인형을 빼앗아 기어이 세탁기에 넣어야 속이 시원한 나. 나는 과연 그녀를 좋아하고 있는가.

"온이는 엄청 귀엽고 매력이 넘치는 사람인데도! 우리는 모두 사랑받을 자격에 대해 궁금하고 불안해 하는 존재인가봐." 남편에게 온이와의 대화를 전하다가 인간의 슬픔과 결핍에 관해 이야기를 나눴다. 미우나 고우나 자식이니, 아마도 마지못해 끝없는 기회를 주게 될 나는,

그럼에도 신의 발뒤꿈치나 따르게 될 모자란 존재다. 넓은 아량을 향한 마음 수련과 시의적절한 애정 표현에도 늘 실패하고 말 인간 엄마의 사랑.

모성애를 향한 세상의 기대와 스스로 짊어진 부담감을 체념하듯 내려놓고 그저 그녀를 좀 더 좋아해 보기로 한다. 고단한 와중에도 작고 예쁜 것들을 찾고 발견하는 적극성과 안목, 우리 집 내음과 엄마 품이 마냥 편안한 일곱 살의 행복, 낡고 정든 것을 아끼는 고운 마음.

그녀를 좋아하는 눈빛으로 바라볼 때 그녀는 아무것도 묻지 않는다. 우리 사이엔 그저 바라봄으로 할 수 있는 대답이 있다. 자신을 보는 내 눈빛을 닮고 배워 언젠가 거울 속 스스로를 너그럽게 좋아해 줄 수 있는 그녀가 되길.

그리하여 인간 엄마가 줄 수 있는 최선의 마음을 다해 오늘도,

"나는 너를 좋아해!"

나를 지킨 건 팔 할이 검지

　일곱 살이 다 되어 밤 기저귀를 뗀 둘째 온이가 요즘 들어 이불에 실례하는 일이 잦다. 더운 날씨에 물 섭취량도 많고, 수박이나 멜론처럼 수분이 많은 여름 과일을 자주 먹은 탓이리라. 습한 날의 이불 빨래가 며칠째 이어지니 세탁기와 건조기가 위아래로 놓인 다용도실에 하루에도 몇 번씩 들락거리게 되었다.

　다용도실로 들어가는 문은 단열을 고려한 두껍고 무거운 여닫이이다. 10년째 같은 곳에서 묵묵히 일해 온 문짝은 중력으로 조금 내려앉은 듯, 열거나 닫을 때 힘을 주어야 한다. 열 때는 어깨에 몸무게를 실어 힘껏 밀지만, 닫을 때는 손가락 끝에 긴장을 더하며 마음에 힘을 주어 지긋이 당긴다. 문을 닫는 사소한 일에 이렇게 신중하게 된 것은 작년 여름, 그 일이 생긴 이후부터다.

　1학년이던 큰아이는 학교 수업이 끝나면 셔틀버스를 타고 영어 학원에 갔고, 나는 아이가 마치는 시간에 맞춰 빠듯하게 일을 마무리하고 학원 앞으로 부랴부랴 달려가곤 했다. 그날은 퇴근 후, 평소보다 조금 일찍 하원한 유치원생 둘째까지 데리고 운전을 해서 큰 아이를 데리러 갔다. 몇 분 늦은 것이 화근이 되어 학원 앞은 아이를 데리러 온 차들로 붐볐고, 나는 학원 옆 상가의 주차장에 엉거주춤 임시 주차를 했다. 평소 데리러 가던 자리가 아니라, 아이가 나를 찾기 어려울 것 같았다. 밖에 나가 기다리려 차 문을 열었다. 학원 앞에 몰려든 차들로 예민해진 옆 상가 관리인에게 들킬까 싶고, 차 안에서 언니를 기다리는 것이 편하다는 둘째를 두고 내리려니 맘이 급했다. 얼른 다녀와야 한다는 맘으로 허둥지둥 차에서 내렸다. 그러다 문을 열어 잡은 오른손이 미처 빠지기도 전에 왼손이 차 문을 세게 밀어 버렸다.

한 사람의 두 손이 어찌 이리 박자가 안 맞는지 나조차
도 당황스러운 찰나, 차 문에 끼인 오른손 검지가 화끈
거리며 퉁퉁 부어오르는 것이 느껴졌다. 두려운 맘이 컸
지만, 정신을 붙들고 큰 아이를 데리고 와 차에 태웠다.
출혈과 통증으로 운전하기 어려웠지만, 더 큰 사고가 나
지 않도록 심호흡하며 멀지 않은 우리 집 주차장에 도
착했다. 아이들에게 무슨 일이 벌어졌는지 간단히 설명
하고 집에 들어와 침대에 누웠다. 검지에 붓기와 열감이
계속되는 걸 보니, 엑스레이를 찍어봐야 할 것 같은데
검사와 치료가 얼마나 오래 걸릴지 모르는 상황에 아이
들만 두고 병원에 갈 수는 없었다. 남편에게 간단히 상
황을 알리고 그가 오길 기다리는 30분 동안 통증이 심해
지고 있었다. 내 손가락을 이래 놓은 게 나 자신이라는
생각에 스스로가 원망스럽고 한심한 맘이 아픔보다 더
크게 밀려왔다. 눈물이 나왔다.

다행히 병원 문이 닫히기 전에 도착해 엑스레이를 찍
었다. 손가락 끝이 여러 조각으로 골절되었다고 했다.
손가락을 고정하는 반깁스를 하고 한 달을 지내야 한다

고. 그 후 매주 손가락 상태를 살피러 병원에 갈 때마다 의사는 내 손가락뼈가 조금씩 움직였다며 핀잔을 주었고, 나는 아이 둘을 돌보며 바깥일과 집안일을 모두 해야 하는 처지에 오른손 검지를 전혀 쓰지 않는 것은 불가능하다고 하소연하였다. 한 달이 지난 뒤, 그럭저럭 뼈가 붙어 깁스를 뺄 수 있었다. 그러나 검지는 깁스한 모양대로 굳어 마치 남의 손가락을 끼운 듯 내 마음대로 움직이지 않았다. 무리가 가지 않을 정도로, 하지만 수시로, 손가락을 구부리는 재활 훈련을 거듭하며 나는 또다시 찰나의 방심으로 이 고생을 하는 스스로의 경솔함을 되새김질했다.

몇 달이 지나, 검지 끝이 약간 휘어진 모양이지만 그럭저럭 움직일 수 있게 되었고 생활의 불편은 잊혔다. 그러나 차 문을 닫는 순간이면 늘, 사고가 났던 그때를 만회하려는 듯 손가락의 온 신경이 긴장하였다. 자동차에 타고 내릴 때 외에, 무겁고 이음새가 단단한 문을 조작할 때는 순식간에 손바닥에 땀이 났다. 이러한 불안은 딸들에게 옮겨가 아이들이 차 문이나 현관문을 닫을 때

마다 내 손이 움츠러들었다. 철문의 이음새들을 꼼꼼히 살피며, 혹여나 손가락이나 발가락이 끼이지 않았는지 여러 번 확인하고, 그러다 불현듯 문틈에 끼인 손가락을 상상해 버리는 것이었다. 생활 속에서 세 여자가 두꺼운 문을 조작하는 일은 생각보다 자주 일어났고 언젠가부터 나는 문을 움직이지 않는 상황에서도 아픔과 후회가 함께 하는 그 순간을 반복적으로 떠올렸다.

이제 일 년이 다 되어 가니까, 그동안 조심하며 잘 지내왔으니까, 맘을 내려놓으려는 내게, 손가락이 끊임없이 경고를 보내는 듯했다.

"나 강박이 생긴 것 같아."

사고 후에 주의하는 마음이라기에는 지나치다는 생각이 들어 남편에게 말을 꺼냈다. 문득 내 걱정이 마음이 아닌 손가락에서 발생하는 것 같다는 비논리적인 이야기도 했다. 요즘 마음을 돌보는 방법을 배우고 알리는데 몰두해 있는 남편은 고개를 끄덕였다. 그는 '손가락 자기 연민설'을 비웃지 않고, 손가락을 안심시켜주자고 하였다. 화장실을 나올 때나, 화장대 앞에 설 때 틈틈이 손을 살피고 로션을 바르고 어루만지며 말을 건네는 것이다.

"그동안 너를 잘 살피고 보호해 주지 못해서 정말 미안해. 많이 놀라고 아팠지? 더 신중히 생각하고 천천히 움직여 너를 지킬 테니 더는 걱정하지 않아도 돼. 우리 아이들까지 염려해 주는 마음도 정말 고마워. 모두가 안전하도록 세심하게 살펴볼게. 너를 보호하는 일을 잊지 않을게."

자기 신체 부위에 말을 걸어 안심시키는 이 기이한 방법을 행동에 옮긴 지 며칠이 되지 않아 내 손가락의 경고는 사라졌다. 나는 여전히 문을 닫을 때 주변을 살핀다. 그러나 손가락이 소스라치며 움츠러들거나, 극단적인 상황을 떠올려 버리는 것들은 모두 지난 일이 되었다.

그런 생각이 든다. 언젠가 내 무심함과 서두름과 부주의가 내 딸들이나 나를 더 크게 다치게 할 수 있었을 거라고. 그 사고가 일어나지 않았다면 말이다.

　집 안의 먼지를 닦아내고, 딸들의 머리카락을 손질하고, 온 가족이 먹을 음식 재료를 다듬는 나의 손가락. 예전처럼 곧고 유연하지 않은 나의 오른쪽 검지는, 불편하고 못난 손가락이 아니라 가족의 안전을 살피며 우리를 돌보고 먹여주는 엄마 손가락이었다.

　궂은일을 마다치 않으며, 우리를 지켜준 오른손 엄마 손가락에 고마움을 전한다. 다음에 예쁜 반지를 사게 되면 곧고 단정한 약지가 아닌, 영광의 상처를 간직한 검지에게 끼워 주어야겠다.

고릿한 행복

막내 온이는 어릴 때부터 새콤달콤 고릿한 여러 냄새
를 풍겼다. 세상의 새로운 것들을 마구잡이로 알아가던
돌 무렵. 눈을 반짝이며 신나게 놀고나서 낮잠 자기 전
에 제철 과일을 간식으로 먹곤 했다.

과일즙이 잔뜩 묻은 옷을 벗어 깨끗한 것으로 갈아입
히고 눈 비비는 아이를 안아 폭신한 침대에 함께 누우면
내 팔베개 위의 정수리에서 톡 쏘는 땀 냄새가 났다. 오
동통 볼따구에 코를 갖다 대면 과일의 포도당과 침 냄새
가 섞인 고유한 향취에 세상이 온통 나른해지곤 했다.

겨우 걷는 아이가 아장아장 책을 가져와 내 무릎에 앉

을 때 몸에 닿는 말랑한 허벅지와 간지러운 머리칼. 코 끝에는 발효된 와인 향이 났다. 부모와 함께하는 독서 시간을 아이가 사랑한다지만, 그 순간의 황홀경은 부모의 것이 아닐까 싶다.

어느 날 남편이 아이를 목욕시키다 손에 잡히는 어른 샴푸로 머리를 빡빡 씻기었는데 그 후 아이 머리에서 나던 냄새가 사라졌다. 책을 읽으며 아이의 머리에 몇 번이나 코를 들이대고 체념과 원망의 눈길을 보내는 나를 보며 남편은 머리를 긁적였다.

아이를 어린이로 키워낸 엄마라면 잘 안다. 일정 시기에 이르러 하지 않게 된 아깃적 행동, 모습, 촉감, 냄새가 얼마나 그립고 소중한 지를. 남아 있는 아이의 냄새를 찾아 킁킁대다, 아직 하나 남은 고린내. 아기의 것이었다가 이제는 어린이의 것이 되어가는 발 냄새를 소중히 마음에 담아둔다.

마음대로

'3월 5일: 임원선거, 희망 학생은 소견발표 연습해오기'

 3학년이 된 첫날을 보내고 돌아온 인이의 알림장에 임원선거 예고가 적혀있다. 1학년 때부터 가벼운 도전과 잠시 간의 좌절이 반복되는 것을 보아 왔기에 큰 기대 없이, 원하면 스스로 준비하겠거니 하다 잊었다. 다음 날 학교에 다녀온 인이와 새로 사귄 친구 이야기를 하다 문득 생각이 나, 임원선거가 어땠는지 물어보니, 미간을 찌푸린다.

 "어제 잊고 있다가 아침에 생각나서 준비가 좀 급하긴 했지만 씩씩하게 발표했는데 나를 뽑아준 친구가 너무

적었어요. 부반장 선거 때에는 다른 친구 썼는데 그 친구도 안 됐어. 다 내 마음대로 안 됐어!" 잔뜩 실망한 표정이 안쓰럽다가도 속상해하며 마구 뱉어낸 말이 투명하게 자기중심적이라 웃음이 나오는 걸 참다가 아랫입술이 삐죽 나와버렸다. '안 뽑힌 이유는, 다 자기 마음대로 하고 싶은 게 반장감이 아니라서?' 라고 놀리고 싶은 걸 꾹 참고 말한다.

"인아, 이 세상에 사람 마음만큼 얻기 어려운 게 없대."

"돈으로 해결할 수 있는 문제는 큰일이 아니야." 돈이 되게 많은 사람이 했을 법한 말 같지만 어린 시절, 슈퍼마켓에서 천 원짜리 배 하나를 선뜻 못 집던 우리 엄마, 두리 씨가 한 말이다. 나를 잠 못 들게 하는 많은 문제가 결국 사람의 마음과 관련된 것임을 알게 될 때마다 두리 씨의 말을 떠올렸다.

돈은 아낄 때와 쓸 때를 내가 조절할 수 있지만 사람문제는 내 맘대로 덜고 더하기 어렵다. 그 시절 두리씨가 배 한 알 못 사고 절약했던 까닭은, 나중에 돈으로 해결 안 되는-사람 문제가 나타났을 때, 얽힌 마음들에 더욱 집중하기 위해서였구나.

　배울 것이 많아 보이는 친구를 곁에 두고 싶은데 그 앞의 내가 초라할 때, 먼저 마음을 주었다가 못 돌려받게 될까 겁이 날 때, 우선 남들이 마음을 주고 싶은 내가 되어야지 마음먹었다. 남의 마음이 욕심나, 필요 없는 물건을 사고 말을 꾸며서 하다 보니, 사기 위해선 모으고, 말하기 위해서는 읽어야 한다는 사실을 알게 되었다. 성실하고 알찬 하루의 일과 안에 그렇게 남의 마음에 대한 욕심이 가득 찬 것을 느낄 때면 부끄러웠다. 아무리 애써도 마음대로 안 되는 남의 마음을 갖는데 내 마음을 모두 빼앗겨 버렸다. 흔쾌히 마음을 주는 누군가를 만났을 때도 선뜻 마음을 나누지 못하는 내가 되어버렸다.

　그보다 오래 전, 나에게도 겁 없이 마음을 건네던 시절이 있었다. 화수분처럼 퍼주다 기대치 않게 돌려받은 어느 날, 순간의 감사와 행복을 온전히 누렸다. '너는 지금

사랑이 아닌 공부에 집중할 때'라고 걱정하는 시선들의
틈으로 기쁨은 찬란히 빛났다. 나의 삶에서 공부할 기회
보다 온전히 사랑할 기회가 귀한 것임을 직감적으로 알
았다. 자격이 있거나 준비가 되어 받게 된 선물이 아니
었기에 불안했고 그 불안을 동력 삼아 서로의 마음에 더
욱 파고들었다. 교과서에서 배울 수 없는 것들을 가르치
며 나를 어른으로 키워 준 그 마음. 함께 보던 영화와 권
해 주던 음악, 서로의 손에 끼운 깍지를 믿고 새로운 세
계에서 용기 내어 마음껏 미숙했다.

　엄마가 세상에서 제일 좋은, 지금은 온통 내가 가진 것
같은 어린 딸의 마음도 언젠가 멀어질 때가 오겠지. 그
때, 네 마음을 얻게 될 사람은 누구일까? 마음을 나눌 수
있는 순간이 왔을 때 그것이 얼마나 소중하고 특별한지
알기 위해, 지금의 너는 얻기 힘든 마음들을 겪고 있다.

　네 마음의 역사. 그 길에 상처가 두려워 팔짱 낀 인색함
이 오래 머물지 않기를, 조건 없이 네게 온 마음들을 소
중히 여기며 그것으로 이미 받을 자격이 충분함을 단단

히 믿을 수 있기를. 무엇보다 네 마음의 귀함을 알고 마음속 높은 꼭대기뿐 아니라 골짜기 또한 구석구석 살펴 헤아리고 다독이는 네가 되길.

가장 깊고 못난 부분까지 사랑받을 수 있을까 자신이 없어지는 어느 날에 네가 떠올릴 수 있는 내가 되길. 너의 마음을 온통 나에게 주었던 어린 날, 내가 기억하는 모습보다 더 진한 향기와 완벽한 온도의 품으로 나를 기억하는 너에게 감사하기. 그것을 양분으로 마음 밭을 튼튼히 가꾸는 내가 되길. 너에게 편지 쓰는 마음으로 시작한 글을 미래의 나에게 읽어 주며 당부한다.

더이상 내 것이 아닐 딸의 안목을 믿고 그녀가 주고받을 마음을 그저 바라보며 응원하자고. 네가 네 마음껏 살아낼 수 있도록, 나는 내 마음대로 잘 지내며 따뜻하고 든든한 품이 되어보자고.

너와 나의 멀티버스

딸들은 곤히 잠들고 나는 아직 깨어 있다. 고요한 밤, 복된 고독. 무엇을 하며 알차게 채울지 고민하다 주연 작가가 강력 추천한 영화, '애브리씽, 애브리웨어, 올 앳 원스'를 찾아 열어 본다.

미국의 도시를 배경으로 빨래방을 운영하는 가족, 엄마 역의 배우 양자경이 등장한다. 이민자의 삶에 관한 드라마 장르의 영화인가보다, 하며 비스듬히 누워서 보는데 난데없이 롤러코스터를 타게 되었다. 짓궂은 상상력을 마구잡이로 구현해 낸 설정과 어디선가 본 듯하지만, 어디에서도 본 적 없는 장면, 종잡을 수 없이 난잡하며 아득하게 아름다운 이야기. 겨울 방학을 하고 종일 함께인 아이 곁에서 영화 속 장면들을 며칠이나 떠올리며 되새김질한다. 이 영화는 멀티버스('멀티 유니버스'의 줄임말, 다중 우주)를 종횡하며 서로를 발견해 내는 모녀의 러브스토리다.

잠시 떨어져 있을 때도 늘 함께 있는 듯한, 우리 집 식구— 남편과 두 딸, 고양이들. 이들은 나의 삶을 얼마나 알고 있을까. 내가 모르는, 이들의 세계를 나는 얼마나 궁금해하고 있는가. 보통으로 사랑할 때는 괜찮은데, 조금 더 가까워지고 싶은 날엔 가만히 따져보다 서글퍼지고 만다. 곁에 있는 사람을 부지런히 알아가고 더욱 사랑하는 일은 가끔 까마득하다. 너를 만나고 함께 하는 것이 나의 기꺼운 선택임을, 작은 존재들이 보잘것없는 서로의 곁을 지키기로 결심하는 일이 경이로운 일임을 우리는 얼마나 자주 잊는가.

서로가 없는 세계의 나를 상상해 본다. 다른 것들과 다른 곳에서 펼쳐질 내 삶은 어떤가. 모든 것이 모든 곳에서 함께 일어나는 다중 우주 속, 지금의 나와는 다른 꿈을 꾸는 나, 혹은 지금의 모습과는 너무 달라 낯설기만한 또 다른 나도 너를 기꺼이 사랑할 수 있을까? 서로의 대환장 멀티버스를 마주하며 셀 수 없이 많은 나와 너를 만난 뒤에야 이 순간 곁에 있는 서로를 안아 줄 수 있는 마음. 모든 우주를 돌아서라도 너에게 잊히지 않고 사랑받고 싶은 마음. 그 마음이 귀하고 안쓰럽기에 우스꽝스러운 이 영화를 보면서 그만 울컥해지고 만다.

다른 우주 속 더욱 빛나는 나와도 바꾸고 싶지 않은 오늘을 만드는 것은, 너를 찬찬히 들여다보고 아끼는 맘으로 쓰다듬는 나라는 것을. 다른 우주 속 더욱 찬란한 네가 기꺼이 그리워할 나 자신임을 믿으며 소중한 내 몸과 맘을 다듬는다.

머나먼 별의 구성성분을 알아내고, 인공지능으로 미래를 예측하는 시대라지만, 세상은 오히려 의문과 골칫거리들로 가득하다. 그렇기에 신선한 발상의 영화 속 인물들이 사랑과 친절에서 인생의 해결법을 찾는 것이 진부하지만은 않다. 나는 여전히 믿고 싶다. 우리를 혼란스

럽게 하는 삶의 해답은 이미 우리가 알고 있다고.

 영화가 끝나고 아이 곁에 가 눕는다. 가까이 있는 얼굴
을 마주보고 곁에 닿는 손을 잡으며, 오늘도 어제처럼
예사롭게, 경이로운 사랑을 한다.

바랄 것 없기

쉬야!
잠에 빠진 몸을 일으켜
어둠 귀신을 물리친 후
다시 함께 눕는다.

내 왼팔을 간질이는 부드러운 머리카락.
내 다리를 스치는 뜨거운 발가락.
바스락 네 몸의 소리와
방안에 가득한 이불 냄새.

너와 나 함께 아늑하고 아득해
나는 더 바랄 것이 없다.

더 바랄 것 없는 하루.

빠듯하고도 까마득한 시간이

문득 버거울 때면

아침의 이부자리를 떠올린다.

가득한 햇살 속을 조용히

떠도는 먼지들.

함께 살아

함께 있어

바랄 것 없이

충분한 너와 나.

우리의 재즈

식힐 줄 몰라 뜨겁게 서툴렀던, 십 대의 내 모습이 부끄러웠다.

치열한 애정과 간절했던 성장, 부모가 가르쳐 주지 못한 것을 배우느라 어른들의 눈을 피해 후미진 곳에서 하루를 보내고 돌아와서는 상황을 모면하느라 예민하고 무례해지고 말았던 그 시절이.

제주도립미술관에서 해외 작가의 작품을 초대한 전시가 열렸다. 앙리 마티스가 투병하던 시절, 침대에서 가위, 풀, 그리고 핀을 이용해 완성한 컷아웃 판화를 감상할 수 있었다. 판화를 엮어 만든 그의 책 '재즈'가 대표 작품으로 소개되었는데, 그림 조각들이 모여 만든 즉흥적 이미지과 역동적인 리듬이 재즈 음악과 닮았다. 미술관 측에서 마티스의 작품 제목에 맞춰 연말 재즈 공연을 기획하였고 예약에 성공한 주말, 오랜만의 공연에 따뜻하게 데워진 맘으로 운전대를 잡았다.

미술관에 도착해 작은 공연장 뒤편으로 입장을 하니, 푸른 조명과 콘솔 하우스의 모습이 보였다. 한때 너무나 익숙해 귀함을 몰랐었던 무언가를 한참 잊고 있다 갑자기 맞닥뜨렸을 때, 오랫동안 기다려 온 물 한 방울을 만나 먹처럼 번지는 나의 향수. 그럴 리가 없는 걸 알면서도 콘솔 뒤에 선 기술자들을 기웃거렸다.

남에게 비칠 겉모습과 나에게 비친 속마음이 모두 보잘것없었던 시절. 부끄러움으로 오므라든 손끝을 맞잡고 서로의 눈을 가려주었던, 상대의 가장 못난 시기를 그렇게 견뎌 낸 나와 그 사람. 그저 함께 있고 싶어 추위도, 더위도, 모기 물림도, 질 낮은 식사도, 비밀도, 거짓말도, 질투도, 후회도, 미련도 상관없었던, 밀도 있던 그 시간 속에서 우리는 뜨겁게 서로를 키웠다.

그가 가르쳐 준 것들.

이태원 재즈바에서 음악에 맞춰 발끝을 움직이는 법을
배웠고, 소공동 서울시립미술관에서 열린 마티스 전시
회에서 그가 찍어준 사진 속 내가 어른이 되었음을 알았
다. 믹싱룸에서 우스운 동작을 하며 영상에 소리를 넣던
그. 마감에 쫓겨 종종거리던 인생 선배의 모습에서 꿈은
완성형이 없음을, 창작의 과정은 보잘것없고 지난함을
배웠다. 익숙한 일상에 감사하고 그것을 수호해 내는 하
루가 행복임을 안 후에 그를 만났더라면 우리의 배움과
가르침은 달랐을까.

어느덧 콘솔 뒤 기술자나 무대 위 연주자들보다 나이
가 들어버린 나는 화려한 조명과 능숙한 연주 뒤로 연습
의 고단함, 연주 전의 긴장감과 밤의 불면까지 함께 듣
는다. 그들이 그것마저 즐기게 되었기를 바라며, 그 또
한 비슷한 하루 속에서 행복을 찾는 법을 알게 되었기를

바라며.

또한, 십 대가 될 딸들을 생각한다.

나에게서 떨어져 나온 조각들과 세상에서 얻은 색깔로 매일 새로운 퍼즐을 만들고 있는 딸들. 미숙한 열정으로 가득 찰 너희의 청춘. 그 순간들을 너는, 아니 나는 상처 내지 않고, 상처받지 않고 견뎌낼 수 있을까.

서툰 내가 부끄럽고, 통제되지 않는 뜨거움이 당황스러워 눈을 감아버리고 싶은 순간. 딸의 눈을 뜨게 해 줄 부모가 될 자신은 없으니 그저 걱정하지 않기로, 딸의 눈을 가려줄 그녀의 친구나 연인을 미워하지 않기로, 그러기 위해 기억하기로 다짐한다.

즉흥적이고 역동적인 순간들, 그 자체로 한 편의 이야기가 되는 시절. 치열함, 간절함, 절실함 속에 뜨겁게 주고받은 사랑의 상처들로 나 또한 무럭무럭 자라났음을.

책

태어난 우리

"엄마는 왜 둘을 낳았어요? 나만 낳던지, 아니면 나를 낳지 말지! 온이 때문에 이렇게 괴로울 거면 다른 집에서 태어나는 게 나아!"

매운맛으로 감정을 분출하는 아홉 살 인이.
"다른 집에서는 다른 애가 태어나지, 너는 우리 집에서밖에 못 태어나." 한두 번 겪어보는 캡사이신이 아닌지라 '오랜만에 나오셨네.' 삐져나오는 웃음을 참고 무심히 대답했지만 나 또한 모르는 것이 아니다. 둘도 없는 친구인 양 부대껴 놀다가도 어느 순간 미운 맘이 들면, 같은 집에서 계속 마주쳐야 하는 얼굴이 누구보다 싫은 그 마음. 가족이란 이름의 뜨거운 끈끈함.

고집스러운 표정으로 언니 인이의 말을 듣는 온이의 얼굴에는 이제 민망함과 슬픔이 드리워 있다. 온이를 두 팔로 감싸 내 무릎 위에 앉히자, 인이의 반격.

　"그럼 그냥 태어나지 않는 게 나아. 태어나지 않으면 괴로운 맘, 힘든 맘, 무서운 맘 다 없잖아!"

　그렇지. 모든 괴로움은 욕망에서 오고, 욕망은 불안으로 야기되며, 모든 불안은 결국 소멸에 대한 두려움에서 오는 것이니, 생명은 곧 불안 그 자체, 태어나지 않으면 욕망도, 불안도, 괴로움도 없겠지. 너는 아홉 살에 그것을 알게 되었구나! 다행히 우리 집엔 사노 요코님의 아름다운 책 '태어난 아이'가 있으니 그걸 갈등 탈출 카드로 쓰려는데, 어디에 있는지 못 찾겠네, 이번 방학에는 꼭 책 정리를 해야겠다고 생각하면서 책 없이, '태어난 아이'의 이야기를 들려준다.

　"맞아, 인이처럼 생각하는 아이가 또 있었지. 옛날에 '태어나지 않은 아이'가 있었대. 옷을 안 입어도 춥지 않고 사자를 만나도 두렵지 않고, 개에게 물려도 아프지 않았대. 모든 것이 아무렇지 않았대. 인이 말대로, 괴로움, 힘듦, 무서움을 하나도 느끼지 않았대. 그런데 그 아이가 어느 날 태어나기로 마음먹었대."

"왜요?"

"자기랑 같이 개에게 물린 아이가 있었거든. 그 애가 엉엉 울면서 엄마에게 달려가 '아파요!' 하니까, 그 아이의 엄마가 그 애를 꼭 안고 눈물을 닦이며 반창고를 붙여주었대. 그걸 보고 태어나기로 결심하게 돼."

두 아이는 어느새 머리를 맞대고 내 얼굴을 쳐다보고 있다.

"태어나서 어떻게 됐는지 알아?"

"어떻게 됐는데요?"

"그 아이는 아주 까다롭고 짜증이 많은 아이였대. 더울 때는 덥다고, 추울 때는 춥다고, 피곤할 때는 졸린다고, 눕히면 안 잔다고 마구 울어댔대."

"졸린 데 안 자고 싶은 거 나랑 똑같네! 근데 난 그렇다고 울지는 않아."

"맞아, 말로 잘 표현해 줘서 고마워. 그런데 너희도 말을 배우기 전에는 울음으로 표현했어. 그럴 때는 엄마가 창문을 열어주고 이불을 덮어주고 안아주고 책을 읽어줬대. 그래서 투덜거리면서 잠이 들고 매일 태어난 하루를 다시 살아갔대."

인이와 온이는 조용하다. 태어난 아이의 마음으로 자기 안을 들여다보는 중일까.

"온아, 아까 내가 만들기 하는데 네가 자꾸 방해해서 내가 하지 말라는 데도 계속했잖아. 그래서 네가 싫은 맘이 들었는데 그렇게 말하면 네가 속상할까 봐. 그래서 아빠한테 귓속말로 하려고 한 건데 네가 나 나쁘다고 해서 너무 화가 났어. 나랑 아빠가 귓속말해서 싫었지? 미안해." 온이는 내 무릎에 앉아서 대꾸가 없다. 그저 눈물을 뚝뚝 흘리면서 고개를 끄덕일 뿐. 그 모습을 물끄러미 보던 인이가 조용히 덧붙인다.

"온이 너는 다른 사람 얘기를 잘 들어주는 것 같아. 들어줘서 고마워."

온이는 이제 내 무릎에서 몸을 일으켜 세운다.

"언니, 아까 그거 뭐야? 나 만져 봐도 돼? " 인이는 온이의 방해를 받으며 완성한 캐릭터 스퀴시를 온이에게 건네준다.

"온아, 내가 고양이 할 테니까 너 토끼 할래? 저 상자가 집이야." 거실로 쪼르르 달려가는 둘.

살면서 갑자기 찾아오는 '태어나지 않았으면 좋았겠다.'는 생각에 세차게 고개를 흔들게 해주는 서로가 되길. 그런 너희를 잘 태어나게 한 내가 되길. 그리하여 매일 우리는 서로를 위해 다시 태어나고 뜨겁게 끈끈하길.

다툼 끝에 미안하고 고마워 쪼르르 함께 달리다 넘어지면 서로에게 반창고를 붙여주는 우리. 모두의 태어난 하루를 응원해!

숲 속의 책볶이

2월, 제주의 바람은 제법 포근하다. 봄기운을 느끼며 유채꽃 대신 '과학 호기심'을 싹 틔운 여자들이 동네 책방 '라라숲'에 모였다. 책방의 '먼슬리 책모임' 도서였던 '문과 남자의 과학 공부'에 인용된 또 다른 과학 교양서, '이기적 유전자'를 함께 읽기로 한 것이다. 매주 정해진 분량을 읽고, 수요일 오전에 모여 서로의 관점과 소감을 나누는 방식이다.

방학한 딸과 함께 있을 시간이라 고민도 잠시, 중학생 딸을 키우는 꿈꿈 님이 '엄마가 책 모임 하는 모습을 아이가 보는 것도 좋은 공부'일 거라고 조언해 주어 가벼운 맘으로 참여 의사를 밝혔다.

우리 가족이 제주에 도착한 날도 2월이었다. 아이들이 다닐 어린이집을 알아보고, 이사 후 필요한 세간살이를 장만하다 맞은 폭설, 눈 놀이까지. 바쁜 뜨내기 생활이 몇 주간 이어지다 두 아이를 제주 어린이집에 보낸 첫날, 책이 그리워 가까운 책방을 검색했다.

아름다운 책방 순례를 목적으로 제주에 오는 여행객들을 위해 '제주 책방 지도'가 있다는 사실을 어렴풋이 들었기에 근사한 책방이 근처에 있겠거니, 잔뜩 기대를 품었건만. 우리 동네엔 학습용 도서나 문구 따위를 파는 서점만 검색이 되었다. 우여곡절 끝에 30분 거리의 그림책방을 발견해 책이 고플 때 드나들며 쉴 수 있었지만, 걸어갈 만한 거리의 책방이 늘 아쉬웠다. 동네 책방이 없어 안타까워하는 나를 보며 남편은 아라동 책방, 우리라도 차려볼까 농담을 하기도 하였다.

그러던 어느 겨울날, 산책하다, '안녕, 책방'이라는 새로 생긴 간판을 발견하게 된다. 우리 동네에 책방이라니! 너무너무 궁금해서 오히려 선뜻 발을 들이지 못했다.

그곳이 내 맘에 들었으면 하는 마음만큼이나 나도 책방의 맘에 들고 싶은 마음. 오랜 인연이 될 예감을 앞두고 좋은 첫인상을 주기 위한 준비가 필요해!

꾸안꾸('꾸민 듯 안 꾸민 듯 자연스러운 모습'의 줄임말)로 단장한 어느 날, 책방 앞 공원을 두 바퀴 돌면서 마음을 가라앉힌 뒤, '딸랑!' 문을 밀었다. 군더더기 없는 디자인의 마호가니색 가구들과 작은 식물 화분들로 단정하게 꾸며진 실내, 나뭇잎을 닮은 향이 공간을 메웠다. 넓지 않은 공간의 구석구석이 포근했고, 그곳을 살폈을 손길이 궁금해 찬찬히 둘러보았다. 잔잔한 일러스트를 엮은 몇 권의 그림책, 위로와 안녕을 건네는 수필집들. 조용히 머물다 사라지는 피아노 연주 음악. 그리고 모든 배경과 잘 어울리는 단발머리의 그녀가 다정하게 인사를 건넸다.

'안녕, 책방'에 책 모임이 생긴다는 소식을 듣고 덜컥 참여한 것을 시작으로, 책방의 이웃들과 느슨한 친구가 되었다. 다음 해, 책방은 멀지 않은 곳으로 장소를 옮겨

'라라숲'이라는 새 이름을 갖게 되었고, 라라숲의 숲지기인 사장님은 '도토리'라는 새 별명을 얻었다.

튼튼한 나무에서 떨어져 흙냄새를 맡다 작은 동물들의 먹이가 되어 주고, 영차! 힘내어 싹을 틔우면 언젠가커다란 숲을 이루게 될 귀여운 도토리. 엄마가 좋아하는곳이야, 함께 찾아갔다가 사장님의 예쁨 샤워를 잔뜩 받고 돌아온 아이들은 "도토리 사장님, 이름이랑 되게 잘어울려!"라고 그녀의 센스있는 네이밍과 친절을 칭찬하며 책방의 단골이 되었다.

그렇게 '라라숲'의 다람쥐가 된 우리 식구. 날씨가 좋아 집 근처를 산책하고 싶을 때, 아름다운 곳에서 잠시쉬고 싶을 때, 심지어 엄마 생일에도 아이들은 '라라숲에 가자'고 한다. 소박하지만 단단한 삶의 이야기가 가득한 책장, 아늑한 방명록 자리. 달콤하고 따뜻한 초코라테.

책을 읽으며 몸의 양식도 채우고 싶은 손님을 위해 쿠

키와 케이크, 토스트를 손수 만들던 도토리 사장님은 오랜 연구 끝에 '언니 떡볶이'를 신메뉴로 내놓았다. 떡볶이가 매워서 늘 엄마 음식이라고만 생각했던 아홉 살 인이도 순한 '언니 떡볶이' 덕에 매콤달콤한 세계에 입문했다.

엄마가 과학책 모임을 하는 한 시간 동안 인이는 어린이 책 '떡집 시리즈'에 빠져들고, 우리는 라라숲 속 각자의 장소에서 알찬 아침 시간을 빚은 후, 다시 얼굴을 맞댄다. 반가운 표정으로 인이가 하는 말,
"엄마, 나 떡볶이 먹고 싶어요."

떡볶이와 주먹밥, 밀크티와 감귤 주스를 테이블에 놓고 마주 앉아 우리는 읽던 책을 마저 읽는다.

함께하는 책볶이 속, 든든한 우리 사이. 책과 함께 삶도 볶으며 새롭게 풍요로워지는 우리는 더 잘 지지고 볶으러 우리 동네의 책 숲, 라라숲에 간다.

작은 것이 전부다

11살 되던 무렵, 다니던 학교에서 좀 더 떨어진 곳으로 이사를 했다. 이사 간 동네의 아이들은 집 근처의 다른 학교에 다녔지만, 나는 이전 학교의 익숙함을 놓지 못해 20분 가량을 걸어 통학하기로 했다. 매일 아침과 오후의 햇살, 계절의 풍경, 날씨의 감각은 내 안에 살아 나를 이루고 키워냈다.

겨울 방학이 끝나 개학식을 마치고 집에 돌아오는 오후, 새 학년을 그저 조심스레 기대할 뿐 피어나지 못한 봉우리 같은 마음으로 움츠린 채 걷다 보면 거리의 화단과 하늘이 눈에 들어왔다. 나뭇가지 끝에선 어느새 새하얀 목련 부리가 보드레한 꽃눈 껍질을 밀어내고 있었다.

바닥에 떨어진 꽃눈 껍질은 조물거리는 어린 손 안에서 날개가 보송보송한 나비가 되기도 했다. 다가올 봄, 여전히 작고 약한 나의 몸과 마음이 가득 성장하길. 그렇게 눈앞의 작은 것들이 나에게 위로와 응원을 보냈다.

운동장 모래에 섞인 조개껍데기, 흙 조각을 밀어 올리며 집을 짓는 개미 떼, 보송한 참새의 몸에서 떨어진 깃털. 작은 것들은 아름답고 경이로웠다. 스스로 몸과 집을 만들고 사라진 후에도 세상의 일부가 되는 생물의 순환, 오늘 내게 주어진 짧은 시간과 행위를 묵묵히 일구는 인내심, 나도 모르는 새 나로 살게 하는 내 안의 질서와 생김, 가능성, 그리고 아름다운 것들을 쓰다듬고 싶은 마음. 가만히 바라보면 시간은 온전히 내 것이 되고 그 작은 것들보다 더 중요한 것은 세상에 없었다.

대학에 입학하니 오래된 캠퍼스의 숲과 더불어 나와 세상을 탐구할 수 있는 멍석이 여기저기 깔려 있었다.

호기심에 찾아간 심리상담 지원센터에서는 마침,

MBTI 워크숍을 홍보하고 있었다. 스스로와 사이좋게 지내는 법을 찾아 고군분투하던 시절이라 반가운 맘으로 신청하였다. 심리검사를 마치고 상담사님의 설명을 들으며 거울에 낀 김 서림이 조금이나마 닦이는 듯했다. 나는 에너지가 내면을 향하며, 사람의 감정에 관심이 많고 외부 세계를 판단적으로 바라보는 성향이구나.

공강 시간에는 도서관을 찾아 취향대로 밥상을 차려 편식과 포식을 반복했다. 문학 작품을 읽다 세밀한 묘사나 틈을 파고드는 서술을 발견하면 두근대는 마음을 진정시키며 행여나 놓칠까 허겁지겁 메모하고, 작가의 생애와 그가 쓴 다른 작품들을 탐구했다. 작고 하찮은 것에 집중하는 작가의 안목을 섭취한 후, 과제를 하고, 시험을 보고, 아르바이트를, 데이트를 하다 문득 그 사소한 것들이 세상을 꿰뚫는 은유가 되고 나다운 방식으로 세상을 '잘' 살게 하는 통찰력이 되어 뒤통수를 때리곤 했다. 집에 돌아올 때면, 혼자서 먼 길을 걸어 하교하던 열한 살의 초봄처럼 은근한 설렘이 온몸을 감쌌다. 한숨 잘 자고 아침이 되면 알 수 있었다. 어젯밤 그것이 오늘에 대한 위로와 응원이 되었음을. 내겐 보잘것없고 사소한 것의 아름다움을 발견하는 일이 바로 삶이었다.

언제부터였을까. 아이 둘을 돌보고 출퇴근 시간에 쫓기며 순간을 잃을 때가 잦아졌다. 짧고 지시적인 말투에 다정함은 흩어졌다. "나중에......." 현재가 아닌 미래를 듣고 실망하는 눈빛을 마주했다. 그렇게 아낀 시간은 다음 날, 현재가 된 미래에도 여전히 충분하지 않았다. 재촉하는 시계 속에 내 시간을 가두고 나는 자주 외로웠다. 내 소중한 사람들도 그랬으리라.

'시간은 삶이며, 삶은 가슴속에 깃들어 있는 것이다.'

미하엘 엔데의 소설 '모모' 속 동명의 주인공은 신발도 없이 남루한 차림으로 허물어진 옛 극장 터에서 살아가는 말수 적은 소녀이다. 집도 가족도 없는 이 소녀는 이웃들이 빛나는 생각을 하도록, 꿈같은 이야기를 해내도록, 일터에서 돌아와 보람 속에 하루를 마무리하도록, 아이들이 즐겁게 놀 수 있도록 그저 곁에 머물러 준다.

소박한 삶을 온전한 내 것으로 살게 해주는 것. 그녀는 충실한 순간, 그 자체이다.

'더욱 보람찬 인생을 사는 법– 시간을 아껴라!'

어느 날 사람들의 불안을 자극하고 의식을 지배하며 '시간은 아껴 써야만 하는 것'으로 세뇌하는 시간 도둑들이 마을을 점령하고 마을 사람들은 외로움과 죄책감, 고단함 속에 병들어 간다. 작은 것들에 주목하며 조용히 살아가던 소녀는 마침내, 친구들의 삶을 구하기 위한 모험을 시작한다.

이 책은 우리의 삶에 대한 우화이며, 시간에 대한 비유이고, 현대인을 위한 작은 혁명이다. 어떤 이야기들은 어릴 땐 당연한 교훈이었다가 어른이 되면 자꾸만 잊어, 문득 펼쳐 보게 되는 조언이 되기도 한다.

오랜 듯, 지금인 듯한 나와 우리의 이야기, '모모'. 퇴근하고 돌아와 아이의 눈을 보며 이야기를 나누고, 놀이

하기에도 지쳐버린 어느 저녁,

"엄마 지금 피곤해."하고 아이를 밀어내며 넷플릭스를
보는 밤시간을 기다리면 내 안의 모모가 나를 두드린다.

내가 하는 일은 결국, 누군가를 돌보고 함께 미소 짓는
것. 모모는 나를 다그치거나 슬프게 하지 않고 묵묵히
일으킨다. 너의 순간이 여기 있다고. 그리고 곁에 앉아
물끄러미 지친 나를 바라본다.

빛나며 흐르는 우리의 시간. 나는 그림을 그리는 아이
의 곁에 가, 책 '모모'를 펼친다. 어느덧 해가 지고 어질
러진 거실에 엉켜 책을 읽는 저녁. 그곳에 모모가 함께
있다.

작고 사소한 순간. 온전히 함께인 찰나. 여기, 충실한
우리의 삶이 있다.

라이프 라이터

일주일 넘게 이어지던 겨울비가 그치고, 햇살이 집안에 드는 아침. 생기있게 푸른 하늘빛에 힘입어 오랜만에 마음에 힘이 나고, 손끝으로 기운을 옮겨 키보드에 얹어본다.

글 쓰는 엄마의 모습을 물끄러미 바라보던 인이, 자기도 이야기책을 만들고 싶단다. 그림이나 글 중에 어떤 걸 만들지 물어보니, 글을 먼저 써 보겠다고 하였다. 컴퓨터는 엄마가 쓰고 있어서 노트나 아이패드에 쓸 수 있겠다 하니, 자기도 엄마처럼 컴퓨터로 써야 잘 써질 것 같다며 조바심이 나는 표정.

짓궂은 맘이 생겨, 일부러 더 오래 키보드 치는 나를 한 동안 지켜보다 자기 아이디어를 까먹을 것 같다며 걱정 이다.

"엄마는 아무 데나 써도 잘 써지니까 양보해 줄게."
여유를 부리며 넘겨주니, 귀한 기회를 그냥 보내지 않겠 다는 듯 컴퓨터 앞에 자세를 잡고 앉아 몇 시간째 열심 이다. 물론, 가끔 집중이 끊기기도 한다.
"엄마, 배가 꾸룩꾸룩 똥꼬에 신호를 보내는 거 같아요."
하더니 화장실에 푸르륵 다녀오기도 하고
"엄마, 뭐 먹을 거 없어요? 맛있는 거 먹고 싶다요."
창작 노동으로 당이 떨어졌는지 요구사항이 많아진다.
한동안 조용하다 싶더니,

"엄마는 어떻게 그렇게 빨리 써요? "

엄마도 엄청 오래 걸릴 때 있다고, 이 짧은 글도 어제부 터 쓴 건데 아직도 마무리가 안 되었다고 하자, 그게 아 니란다.

"하유... 친구들은 나보다 더 빨리 쓰던데…. 답답해."

타자 속도가 생각의 속도를 못 따라간다는 소리? 이 무슨 작가의 로망인가.

"생각이 타자보다 빠르다니 엄마는 완전 부럽네?" 했더니 그게 무슨 소리 난다.

"손가락을 빨리 움직이는 건 자꾸 쳐보고 연습하면 저절로 되잖아. 깊은 생각을 잘 읽히도록 옮기는 게 어려운 일이지."

"피아노 칠 때처럼요? 학원에서 연습할 때 머리로는 천천히 치자, 하는데 손이 말을 안 듣고 자꾸 혼자 빨리 움직여요. 그럼, 선생님이 왜 그렇게 빨리 치네요."

맞아. 빨리 치는 것은 어렵지 않아 계속 써나가면 어느새 능숙한 네 손을 보게 될 거야 격려하자,

"엄마 우리 그거 들을까요?" 한다.

제목을 말하지 않아도 무슨 음악인지 알겠다. '타이프라이터'.

고장난 시계, 썰매 타는 사람, 느긋하게 움직이는 고양이 등 일상 속 소재에 영감을 얻어 아름다운 곡을 쓰는 르로이 앤더슨의 작품.

'타이프라이터'에는 엄청나게 빠른 타악기가 등장하는 데 바로 타자기다. 16분음표에 맞춰 쉴 새 없이 타자 치는 리듬이 들리고 곧, 다음 줄로 넘어가는 '띵!' 소리도 유쾌하다. 빠른 타자 소리 너머로 어떤 글을 쓰고 있을까 상상해 본다. 스릴 만점의 모험 이야기를 쓰고 있을까, 급박한 전보일지도.

그러나 결국 우리를 미소 짓게 하는 건 타자기가 치는 글이 아닌, 작곡가의 재치.

긴장 가득한 일터의 소리에 밝고 사랑스러운 음색을 얹으며 그는 말한다. 뭐 그리 바쁘게 사냐고, 가끔은 조바심을 내려놓고 주변을 둘러보라고, 귀엽고 재미난 것들로 가득한 삶의 순간을 기쁘게 누리라고.

살피고 챙기며 해내야 할 일로 가득한 세상살이의 틈, 잠시 숨돌리는 시간. 그 순간만큼은 서툰 타자 솜씨를 오히려 반기며 천천히, 생각도 창작도 느긋하면 좋겠다.

빠른 것에 시간을 낭비하지 않고, 느린 만큼 깊게 기쁘고 슬프며. 온전하게 삶을 즐기는 우리, 재능있는 라이프라이터.

문과 여자의 인생 공부

사춘기가 시작될 무렵, 글쓰기 교실의 독서 과제로, 책 '거꾸로 읽는 세계사'를 만났다. 내가 사는 세상에 이토록 깊고 다양한 일들이 펼쳐지고 있었다니! 짧고도 길었던 십몇 년의 인생. 숲속에 살며 내내 나무껍질만 보다, 톱으로 자른 나무의 단면과 뽑힌 뿌리를 봐 버린 느낌이었다.

그렇게 우연히 내 숲의 나무꾼이 되어 준 유시민 님이 정부와 국회에서 일하는 동안 나는 어른이 되었고, 함께 노화를 겪게 될 즈음 그는 은퇴하여 전업 작가가 되었다.

유시민 님의 책을 읽으며 따뜻한 문체 너머 날카로운

인식을 존경하면서도, 그의 행복이 칼날에 베이지 않기를 응원했다. 몸도 마음도 건강히 오래 살았으면, 그래서 계속 좋은 글을 써 주었으면. 그가 집필한 책 속에는 배울 것이 많기 때문이다. 부지런히 익히고 오래 사유하면 세계를 깊이 볼 수 있다는 것을 ('유럽 도시 기행'). 좋은 글을 쓰기 위해서는 먼저 좋은 사람이 되어야 한다는 것을 ('유시민의 글쓰기 특강'), 그리고 평생 몰랐던 분야에 대한 무지를 인정하고 배우기 위해 씨름하는 사람의 모습이 얼마나 멋진지를. 빛나는 그의 책 중에 '문과 남자'와 '과학'을 모두 동경하는 나의 취향 저격, '문과 남자의 과학 공부' 대해 이야기해 보려 한다.

이 책에 따르면 나는 운명적 문과다. 학창 시절 수학 점수까지 따질 것도 없다. 일상 속 문제 상황에서 명확한 답을 찾아 집요하게 고민하며 때론 수면을 전폐하는 이과 남편의 모습이나 (세상일엔 원래 정답이 없는 거 아님?), 소파에 누워 멍을 때리다 특정 수의 성격을 발견하거나 수끼리의 관계를 알아내고는 세상 모두가 공유하는 상식을 알아낸 듯 반가워하는 큰딸의 모습(좋겠다,

저절로 알게 되어서)에 거리감을 자주 느끼며 더욱 알게
되었다. 나는 앞으로도 그들과 다른 방식으로 살게 될
것이다.

시린 겨울밤, 경북 오지의 할머니 댁 마당에서 쏟아지
는 별을 보다가 오랜 외로움의 실체를 깨달으며 소름이
돋고 귀(라고 쓰고 마음이라고 읽는다)에서는 위풍당당
행진곡이 울려 퍼지던 내 어린 시절의 기억, 우리는 같
은 세상을 다르게 여행한다.

내 삶은 나를 행복하게 하는 아름다운 것들– 자신에
대한 믿음, 이웃에 대한 감사, 서로를 아끼는 마음의 표
현을 계속 발견해 내는 과정이었다. 내 사유의 방식을
한 문장으로 쓰고 보니 발가벗겨진 기분이다. 세상에는
너무나 많은 절망과 고통이 있는데 회피적 사고방식은
아닐까, 고민될 때도 물론 있다. 맘이 불편해지면 나는
지금 할 수 있는 작은 친절을 찾아 행동한다. 이것이 세
상을 조금이나마 변화시키는 나의 무기이자 내 삶의 답
임을 알면서도 때론 통찰력이 있는 조언, 다른 삶의 방

식이 궁금했다. 그래서 책을 읽었다.

돌이켜 생각해 보면 '거꾸로 읽는 세계사'를 만난 순간 나는 크게 상처받았다. 세르비아계 민족주의자들의 대공 암살로 시작된 세계 1차 대전, 자신을 부수며 뒤틀린 사회를 변화시키려 했던 맬컴 엑스의 삶. 책 속의 역사와 그것을 만든 개인의 삶은 아프면서도 알고 싶은 공부였다. 그 상처 자국에 새살을 돋우며 더욱 풍성한 나무가 되고 싶었다.

날카로운 지성으로 독자의 경각심을 일깨우는 '유능한 문과'. 유시민 님이 환갑의 나이에 '나는 운명적 문과'라며 다소 슬픈 선언을 하고 과학 공부를 시작했다. 그리고 그 자신이 문과를 위한 교정용 렌즈가 되어 (또 다른 문과 인이 보기에) 꽤 깊이 있는 과학 교양서적을 써냈다. '문과 남자의 과학 공부'에는 몇십 권에 달하는 저명한 과학 교양서적의 내용을 이해하기 쉽게 (문과용으로) 번역한 지식, 과학자들에 관한 흥미로운 일화와 함께 과학 공부를 통해 뇌의 새로운 회로를 만들고 성장하는 기쁨이 적혀 있다.

　과학의 뿌리인 물리학- 난해한 상대성 이론과 양자역학까지 수박 겉핥기식일지라도 같은 문과에게 알려주고 싶은 마음. 물질의 세계를 관찰하고 사유하는 사명이 곧 행복이었던 과학자들의 인생에 바치는 존경. 이 지적인 책을 읽으며 작가의 배움을 따라가다 숨길 수 없는 문과 갬성을 읽고는 뭉클해지고 말았다.

　나 또한 운명적 문과로서 책에 소개된 과학이론 중 몇은 내 두뇌의 시냅스와의 연결에 실패하고 말았다. 그러나 자신이 믿는 것을 끊임없이 의심한 과학자들의 날카로운 지성과 그 누구의 것이라도 더 합리적인 것에 권위를 부여하는 정직함은 뚜렷이 확인할 수 있었다. 그 태도를 내 안에 담기 위해 인식의 그릇을 키워가고 싶은 맘이 간절하다.

　더 일찍 과학을 알았다면 세상을 바로 보는데 들었던 수고를 줄일 수 있었으리라는 작가의 고백. 인문학에서 역사와 사회가 준 상처의 치료 약을 찾으며 고군분투했을 문과 남자의 젊은 시절을 그려본다.

불분명하다는 사실만이 확실한 것이라는 현대 물리학을 공부하며 그럼에도 지금, 이 순간 존재하는 내 몸의 원자와 나의 뇌가 느끼는 감정들을 더욱 귀하게 여기게 된다. 나를 현재 속에 더욱 충실히 살게 하는 과학 공부. 알고 있는 것들에 대한 비판적 분석과 미처 몰랐던 것을 받아들이는 유연함으로 오늘도 새로운 신경회로를 만들며 성장하는 우리.

씩씩하게 늙어가는 사람들을, 빛을 내며 소멸하는 모든 것들의 아름다움을 응원한다.

아줌마의 여자 친구

이십 년 지기 친구들을 만난 자리. 육아하며 만나는 인연에 대해 얘기 나누다, 누군가 어른이 된 후 만난 사람과는 친구가 되기 어렵다는 말을 꺼냈다. 비슷한 일정 속에 매일 동네에서 인사를 나누고, 가끔 약속을 만들어 단둘이 이야기도 나누지만, 내 아이 친구의 엄마일 뿐, 내 친구는 아닌 것 같다는 말.

'누구 엄마'로 나를 부르는 사람들 속에서, 내 이름을 불러 주는 누군가가 그리워질 즈음, 우리는 서로를 만났다.

그녀를 처음 본 건 큰 딸 인이의 어린이집 오리엔테이션 날이었다. 인이의 손을 호호 불며 집으로 돌아가는 쌀쌀한 밤길, 횡단보도 앞에서 신호등을 기다리다 두 딸과 함께인 그녀를 만났다. 둘째 아이가 인이 또래로 보여, 반가운 맘에 가볍게 인사하며 아이 나이를 물었고 그렇게 가문 가문 이야기 나누며 걷다 보니 같은 아파트 단지에 들어섰다.

　헤어질 때야, 아이가 아닌, 서로의 얼굴을 마주 보고 생각했다. 인사를 건네며 미소짓는 표정이 참 따뜻하고 편안하구나. 갓 돌 지난 온이와 동생을 본 후 투정이 심해진 인이를 키우며 버거움을 느끼는 중에, 나처럼 딸 둘을 키우는 그녀가 가까운 곳에 산다는 것에 작은 기대도 품었다.

　몇 주 뒤, 온이를 오전 동안 어린이집에 보내며 매일 두 시간의 '미 타임'을 갖게 된 나는 매일 동네 도서관에 갔다. 육아로 소진되는 내 삶에 가르침을 주고, 새로운 세상으로 떠나게 해주는 책들이 그리웠다. 등, 하원 시간에도 만날 일이 거의 없던 그녀를 그곳에서 우연히 보고 무척 반가웠지만, 서로의 평화로운 시간에 방해가 될

까 멀리서 지나쳤다.

그렇게 도서관에서의 만남이 잦아지던 어느 날, 등원 후 목적지가 비슷한 서로를 가깝게 여기는 맘을 믿고 인사와 연락처를 나누었다. 그렇게 그녀의 집에 초대받은 날, 우리는 오랜만에, '누구 엄마'가 아닌 '나'를 궁금해하는 사람을 만났음에 반가움을 숨기지 못했다.

나와 닮은 눈길로 세상을 보는 사람, 삶의 속도가 비슷한 사람. 어린 시절 안쓰러웠던 서로의 모습을 털어놓다 그녀의 음악과, 나의 글, 작은 꿈으로 일상을 채우고 싶다는 고백을 나누다 보면 금세 두 시간이 지나있었다. 하원 한 아이를 돌보다 저녁 식사를 준비하는 같은 일과 속에도 그녀를 만난 날이면 나는 더 좋은 사람이 되고 싶어졌다.

상기된 얼굴로 그녀에 대해, 그녀와 나눈 대화 속에서 떠오른 영감에 대해 털어놓는 나를 남편은 놀려 댔다. 아줌마의 삶을 생기있게 하는 우정. 남편도 인정하는 여자 친구가 생긴 셈이었다.

소중한 관계라는 것을 믿었기에 우리는 더욱 드문드문 만났고, 서로의 일상을 짐작할 수 있을 만큼 가까워졌을 즈음, 나는 제주로 이주하게 되었다. 헤어지는 날, 멀리 있어도 가까이 지낼 수 있을 거라고, 웃으며 인사를 나누었다. 그리고 정말로, 우리는 가끔 나누는 짧은 통화와 가벼운 안부 문자 속에서 깊이 서로의 일상을 읽고 안녕을 빌었다.

제주에 온 지 4년째. 그녀는 여전히 나의 특별한 여자 친구다. 이곳에서도 몇몇 이웃과 인연이 닿아 인사를 나누기도 하였지만, 그녀와 나누었던 교감을 대신해줄 사람은 없었다.

그동안 그녀의 가족이 제주에 와서 우리 집에 머물기도 했고 서로를 그리워하는 마음이 커진 어느 주말엔, 애월의 구옥을 예약해 둘이 주말 휴가를 보내기도 했다.

음악 감상실로 꾸며진 작은 방과, 안뜰의 석류나무, 도란도란 이야기를 나누는 우리를 바라보던 안뜰의 고양이. 그녀와 잘 어울리는 장면들로 밀도 있게 채워진 시간 속에서 어린 시절부터 손에 꼭 쥐고 있던 씨앗을 꺼내 보이고 마음에 심어 두기로 하였다.

삶의 불안과 고단함 속에서도 싹 틔운 서로의 꿈이 이제, 각자의 속도대로 자라나길 믿고 응원한다. 그녀와 나누는 다음 이야기 속에 잎사귀로 움트길 기대하며, 차가운 제주의 바람 속에서도 얼지 않도록 오늘도, 내 보드라운 겨울눈을 따뜻하게 보듬어 본다.

냥

그루밍 아트

거실 창을 통해 상쾌하게 들어오던 아침 바람이 매서워졌다.

일명 '냥플릭스'라 불리는 창밖 세상을 시청하던 고양이 앙꼬와 치즈도 이제 포근한 곳을 찾아 침대 발치에 자리를 잡는다. 따순 이불 위에 곧바로 배를 대고 노곤함을 즐길 만도 하지만 그 전에 꼭 정해진 의식을 거치는 부지런쟁이들이다.

먼저, 이불을 덮은 집사의 허리께에 다가와 털썩 기대어 눕기. 그런 다음 뺨, 목덜미나 배를 쓰다듬으라고 눈을 마주치며 신호를 보낸다. 폭신한 털 짐승의 온기에 대한 그리움과 '내 냥맘 내가 알아주는' 애정을 담아 손을 내밀면 오늘은 여기! 급한 곳을 먼저 갖다 대는 녀석들. 처음엔 살그머니, 나중엔 박박 치대듯 완급을 조절하면서 맘껏 주무른다.

그렇게 한참 손길을 즐기던 고양이들은 슬슬 뒷다리를 세워 몸을 일으킨다. 침대 모서리 쪽으로 자리를 옮긴 후, 앞발을 핥아 정성껏 적시고 얼굴부터 정수리, 귓속까지 야무지게 몸 청소를 한다. 이렇게 그루밍을 할 때면, 그르릉 그르릉 만족스런 소리를 내고, 그 부지런한 몸짓, 하루에도 몇 번이나 되풀이하는 몸단장이 그들에게 귀찮은 일만은 아닌 것 같아 나는 새삼 놀란다. 실제로 고양이들은 그루밍으로 몸을 깨끗이 할 뿐 아니라, 긴장을 풀고 안정을 취한다고 한다. 스트레스가 많은 환경에 사는 몇몇 고양이들에게 오버 그루밍—지나친 그루밍으로 탈모나 피부병 등의 부작용을 가져옴—의 문제가 생길 정도로, 고양이들은 불완전한 현실 속에서 적극적으로 평안을 찾아 할짝할짝 몸을 쓰다듬는 것이다. 그루밍을 마친 그들은 정결해진 몸과 편안해진 맘을 눕히고 마침내 잠에 빠져든다.

   사람과 물건에 치이고 복잡한 생각에 묻혀, 몸과 마음의 기운이 모두 빠져 버릴 때가 있다. 힘을 짜내어 땀과 먼지를 말끔히 씻어내고, 푹신한 침대에 몸을 누여도 해결되지 않는 찜찜함. 해답이 아닌 걸 알면서도 괜스레 휴대폰을 열어 온라인 공간을 둘러 보거나, 적당한 영화를 찾아 리모컨을 누르곤 했다.

   이제는 안다, 그럴 때는 읽거나 써야 한다는 걸. 매일 다르게 손에 잡히는 '그날의 책'에 눈길을 두면 마구 헤집어진 불순물들이 가라앉아 맑아진 마음으로 나의 욕심과 그 속의 사람들, 순간의 내 생각과 감정들을 비춰볼 수 있었다. 개운하게 기지개를 켠 후 느긋한 맘으로 서툴고 시시콜콜한 기록을 남긴다. 그 사소한 흔적들은 다음날, 내 비뚤어진 마음을 빨리 알아채고, 타인의 선의를 믿고, 소중한 것들을 지키기 위해 작은 용기를 내게 한다.

나만의 방법으로 매일 내 맘을 쓰다듬어 건강하고 정결하게 하는 사소한 예술. 나에겐 그것이 글쓰기이고, 다른 누군가에게는 그림, 춤, 사진, 음악일 것이다. 타인에게 보여 감흥을 주고, 인정받기 위해서가 아니라 다만 나의 이완과 휴식과 행복을 위한 작은 창작의 시간.

퇴근하고 저녁을 지어 먹은 후 깨끗한 옷으로 갈아입은 나는 작은 예술을 한다. 내 맘이 솔직하고 건강하도록 아끼고 돌본 후, 몸도 맘도 모두 잠 속에 놓아 푹 쉬게 한다.

포근한 이불 위에 동그랗게 몸을 만 깨끗한 고양이처럼.

힘내라, 치즈

얼마 전부터 우리 집 고양이 치즈의 걸음걸이가 불편해 보였다. 오른쪽 뒷다리를 절룩거리는 듯 보여 자세히 살펴보니 발바닥 끝을 위로 들어 올리며 살살 걸음을 디디는 것이었다. 발가락 젤리에 티눈이 생긴 적이 있어 이번에도 같은 문제인가 며칠간 살펴보았는데 뾰족한 이유를 알기 어려웠다.

고양이를 진료하는 집 근처 병원에 문의해 검진 날짜를 잡았지만 며칠이나 기다리기가 초조했다. 아쉬운 대로 온라인 고양이 카페 정보를 찾아보니 심장 관련 질환으로 혈류 문제가 생겨 뒷다리를 절게 되는 경우가 꽤 있다 한다. 심각한 병은 아닌지 걱정하며 밤을 보내고 다

음 날 병원으로 향했다. 검사 결과는 '대퇴골두부 골절.'

치즈의 허벅지 뼈와 엉덩이가 만나는 관절 부분이 울퉁불퉁하게 어긋난 것이다. 수의사에게 어쩌다 이렇게 된 것인지 물으니, 그녀가 키우는 고양이도 같은 증상으로 수술을 하였다며, 단정 짓기 어렵다고 하였다. 어쩌면 태어났을 때부터 만성 통증으로 고생했을 거라고. 기질 탓이라고만 생각했던 얕은 잠, 식욕부진, 으슥한 곳을 찾아 들어가던 수줍음. 고통의 징후였다고 생각하니 가슴이 아렸다. 더 일찍 데려오지 못해 미안했다.

치료법은 단순하고도 놀라웠다. 골절된 관절 부분을 잘라내면 나머지 세 발에 의지해 걸으며 다친 발의 근육도 조금씩 발달시켜 결국은 네 발이 모두 멀쩡한 고양이처럼 걷게 된다는 것이다.

다만, 불편하더라도 계속 걸어 근육을 키울 수 있도록 재활 훈련이 필요하며, 고양이 성격상 낯선 병원에서는 훈련이 어려워 가정에서 도움이 필요하다는 것.

일박이일의 수술과 입원을 마치고 집에 돌아온 치즈는 다리털을 면도한 채 절뚝거리며 안쓰러운 모습이었다.

수술 첫날은 충격 혹은 약기운 때문인지 내내 먹지도 놀지도 않고 잠만 잤다. 먹이는 것보다 휴식이 우선일 듯하여 누나인 앙꼬와도 분리하여 충분히 쉬게 하였다.

다음 날, 토요일. 한 주간 열심히 출근한 내 몸엔 피로가 가득 쌓였지만, 손 놓고 있을 수는 없었다. 딸들이 수시로 엄마를 찾아 묻고 부탁하고 안기고 뽀뽀하는 와중에도 틈틈이 아픈 치즈가 잘 먹고 움직일 수 있도록 장난감과 간식을 꺼내 들었다.

개의 삶에서 주인 다음으로 중요한 것이 산책이라면, 고양이에게는 영역 다음으로 중요한 것이 놀이라 한다. 사료 몇 알을 먹고 물 몇 모금을 겨우 홀짝인 치즈의 놀이 본능은 대단했다.

야윈 몸을 절뚝이면서도 새로 산 낚싯대 끝의 깃털을

향해 빠른 속도로 달려오는 털뭉치! 힘을 내어 스스로 할 수 밖에 없는 일을 씩씩하게 해내는 모습이 고맙고 대견하다.

아이들과 목욕을 한 후, 드디어 남편이 아이들을 방에 데려가 책을 읽어주면 시작되는 나만의 귀한 시간. 당분간 나는 책을 읽거나 일기를 쓰지 않기로 한다. 고양이 강태공이 되어 낚싯대를 휘두르며 치즈를 낚는 나.

가냘픈 털뭉치가 튼튼한 대퇴부 근육을 만드는 동안 나는 팔 근육을 함께 키워보려 한다. 어느새 애틋하게 소중해진 치즈의 곁을 든든하게 지키는, 나는 용감한 집사다.

싱코페이티드 클락

'The Syncopated Clock', 우리말로 '고장난 시계'라고 번역되는 르로이 앤더슨의 오케스트라 곡이 있다. 규칙적인 스타카토 리듬으로 시작되어 '똑딱' 거리는 시계가 연상되는 음악. 곧, 당김음(Syncopation)이 등장하며 리듬이 늦춰지고 정박으로 움직이지 않으니 아마도 고장이 난 이 시계는 원래의 기능을 초월해 유쾌함을 유발하는 소재가 된다.

우리 집에도 고장 난 벽시계가 있다. 십여 년 전, 집 근처 인테리어 소품 매장을 재미 삼아 둘러보다 그 특별한 시계를 발견했다. 세로로 긴 하늘색 상자에 세 개의 시

계 침이 붙어 있고 상자 위쪽에는 하얀 새 한 마리가 초
침에 맞춰 짹짹거리는 듯 부리와 다리, 꼬리를 열심히
움직이고 있었다. 벽걸이로도, 탁상용으로도 이용할 수
있는 실용성과 아름다움, 위트에 반해 한참을 들여다보
며 나중에 나만의 집이 생기면 꼭 데려가리라 다짐하고
시계의 브랜드를 살핀 후 내 노트북 즐겨찾기 살 것 목
록에 추가해 두었다.

어딘가에 얹혀살다 독립해 본 사람은 알게 된다. 하루
를 불편 없이 보내기 위한 공간에는 꽤 많은 세간살이들
이 필요하다는 것을. 오랫동안 질리지 않을 물건으로 하
나하나 신중히 고르다 보면, 쇼핑은 즐거운 놀이가 아
닌, 과중한 업무가 되기도 한다. 신혼집에 필요한 가구
와 주방 기구, 청소 용품 등 끝없는 물품 구매 목록에서
다만, 짹짹 이 시계를 고를 때의 자신감과 즐거움이란!
여러분, 내 취향을 스스로 알고 기록해 두는 것이 이렇
게 중요합니다. 그렇게 짹짹이 시계는 내 것이 되어 신
혼부부의 다툼과 꽁냥거림과 출산과 육아를 모두 지켜
보았다.

몇 번의 이사 후에도 늘 우리 집 거실 벽에 붙어 있던 쨱쨱이 시계는 지금 사는 집으로 이사 오던 날 정리되지 않은 선반 위에 놓여있다 떨어져 그만, 분 침이 부러져 버렸다. 십 년 가까이 쓴 낡은 시계지만 여전히 세차게 움직이는 쨱쨱이를 보니 어떻게든 살리고 싶어 시계를 만든 회사에 전화해 보았다. 오래전 모델이라 단종되어 부속이 없다는 안타까운 소식.

마지막 시도라 생각하며 제주에서 실력 좋다는 시계방을 일부러 알아보고 찾아가서 목숨만 부지하게 해주십사 부탁하였다. 적당한 부속이 없을 것 같다고 고개를 갸웃하던 사장님은 그날 오후 수리가 가능할 것 같다는 기쁜 소식을 전화로 알려주었고 그렇게 은색에서 검은색으로 바뀐 시계 침을 야무지게 돌리며, 쨱쨱이 시계는 되살아나 우리 곁에 남았다.

주인을 잘(못) 만난 시계의 시련은 그것으로 끝이 아니었으니, 다음 해 여름, 천방지축 아기 고양이 두 마리를 임시 보호하게 된 것이다. 6개월 미만의 냥이들은 기질을 떠난 공통점을 갖고 있는데, 못 말리는 호기심쟁이들이라 입질, 솜방망이 질을 가리지 않고 마구 해대며 세상의 물질과 규칙을 알아간다는 것이다. 허용범위를 가르칠 수는 있지만, 이 또한 인내심이 필요한 일. 당분간은 떨어지면 망가질 물건을 모두 치우고, 치우지 못할 물건은 마음을 내려놓고 포기하는 수밖에 없었다. 벽 한 편에 걸린 짹짹이가 세차게 움직이며 시계 침이 돌아가는 모습을 넋 놓고 보던 치즈와 앙꼬. 선반도 없이 높이 걸린 시계라 녀석들, 그림의 떡이겠구나 하던 어느 날 아침, 짹짹이 시계는 분침과 시침이 모두 6을 가리킨 상태로 덜렁거리며 장렬히 전사한 채 발견된다.

어느 아침 녀석들의 돌격 장면을 우연히 목격했는데 우다다 달려와서 작은 만큼 날랜 몸으로 못 믿을 만큼 높이 점프하여 시계 침을 마구잡이로 때리는 것이었다. 더 높은 장소에 다시 못을 박는 대신 시계를 향한 고양이들의 흥미가 없어지길 기다리는 동안, 짹짹이는 몇 번이나 더 사냥당했고, 언젠가부터는 시계를 바로 맞춰 놓아도 몇 시에선가 자기끼리 다리가 엉켜 늘 엉뚱한 시간을 가리키는 모양새가 되었다.

　세상의 시각과 속도에서 벗어나 자신의 방식으로 꿋꿋이 움직이는 쨋쨋이 시계. 출근 시간, 아이들 하원 시간, 저녁 식사 준비 시간이 다가오는 초조함에 동동거리다 문득 그 시계를 보면 나는 잠시나마 웃으며 크게 숨을 쉴 수 있다. 시계가 가진 기능 따위 아랑곳없이 명랑하게 움직이며, "꼬이고 틀리면 뭐 어때? 난 여전히 아름답고 위트있는 걸!" 당당한 네가 기특하다. 한때 나의 작은 꿈이었다가, 변화가 많은 바쁜 시기의 조력자였다가, 이제는 순간의 소중함을 환기하는 창문이 된 너.

　너에게서 배운다. 물속의 오리발처럼 자신의 리듬으로 움직이며, 우아하고도 즐겁게 일상을 누리는 꾸준한 당당함을,

어쩌다 딸책냥

작년 봄에 독립 출간한 에세이집, '꿈꾸던 현실'을 통해 나는 꿈 꿔 온 것들을 이룬 후의 삶에 대해 나누었다. 두 딸의 엄마, 작가이자 독서인, 고양이 집사, 그리고 제주 이주민으로서의 삶. 바라던 것을 '이룬' 순간을 넘어 그것이 생활이 된 후의 예사로움에 대해서. 그리고 대수롭지 않은 하루 중에 반짝이는 조각들을 찾게 해주는 나의 사람(과 고양이)들에게 감사를 전했다.

첫 책을 쓴 환각에서 벗어나 기록된 나의 꿈에 왜곡이 있었음을 고백한다. 사실 아이를 낳기 전 나는 우리 엄마처럼 성별이 다른 아이들이 하나씩 있으면 좋겠다고 생각했었고, 육아 중 아이가 낮잠 자는 시간에는 독서대보다 리모컨을 즐겨 잡았으며, 언젠가 고양이를 키운다면 푸른 눈의 터키쉬 앙고라나 회색빛 털을 가진 러시안 블루와 같은 품종 묘일 줄 알았다. 사시사철 주말 나들이를 즐기던 열성 제주 이주민의 삶도 시들해져 이제는 창밖으로 보이는 푸른 하늘에도 엉덩이를 소파에서 떼기 어렵다.

'그럼 꿈이 이루어진 게 아니잖아? 이 거짓부렁쟁이 같으니라고!' 라고 말하고 싶겠지만, 이게 또 그렇지만은 않습니다.

둘째 아이의 성별을 알게 된 순간, 나는 나의 어린 시절을 떠올렸다. 생각이 많아 오래 망설이며 말하던 내게, 무례하고 거칠게 느껴지던 오빠의 말투. 언니나 여동생이 있는 친구네 집에 놀러 가 이층침대에 공유된 그들의 친밀함에 부러움을 느꼈던 순간들. 동생이 여자아이라는 것을 안 언니의 마음으로 나는 자매인 딸들이 환하게 기뻤다.

우당탕 이유식을 만들고 아이가 먹다 흘린 것을 치우고, 칭얼대는 아이를 안아 달랜 후 진이 빠져 TV를 켠다. 그러다 매주 수요일 부모님이 아이를 봐주러 오시면 홀로 완전한 나의 휴식처, 도서관에 갔다. 육아에 매달리는 지루한 하루와 어느새 사라져 버리는 일주일의 사이에 도서반납기한이 있어, 나는 바쁘고 야무지게 책을 펼쳤다. 완전한 쉼. 리모컨을 들었을 때와 다른 평온함이 맘을 채워준다. 그래, 다음 낮잠 시간에는 넷플릭스 대신 책을 봐야겠다. 어쩌다 지키기도 하는 약속을 되새김하며 책갈피를 꽂았다. 이 구절은 퇴근한 남편에게 읽어줘야지, 생각하면서.

'언젠가 고양이를 키우고 싶었지만, 유아 둘을 키우는 지금은 때가 아닌' 내게, 갈 곳 없는 두 고양이의 임시보호 기회가 왔다. 털 알레르기, 냄새, 돌봄 노동, 비용, 무엇보다 무거운 무한책임, 셀 수 없는 무장을 해제시킨 '임시'라는 단어. 솔직히 말아보면 혀를 내두르며 내 안 키우길 잘했다, 시원하게 결론을 내릴 수 있을 줄 알았다. 그러나 우리 가족에겐 알레르기 문제가 없었고 로봇

청소기를 매일 돌리니 털은 빗질 할 때나 보이고 스스로 야무지게 그루밍을 하니 목욕도 필요 없어, 산책도 안 해, 둘이 알아서 놀아, 비용과 책임은 어느새 귀염둥이들의 보호자라는 즐거움 속에 묻혀버렸다. (고양이가 잘 지내기 위한 수술비와 예방접종 비용, 예기치 않은 사고나 질병으로 인한 처치비 등 병원비가 만만치 않으므로 입양에 신중하시기 바랍니다.) 그리하여 나는 '길냥이 치고는 이쁘다'는 소리를 듣는 '안 품종 묘', '앙꼬'와 '치즈'의 임보('임시 보호'의 줄임말이나, '임종까지 보호'를 의미하기도 함)를 자처하게 된다.

  서울의 신혼집은 우리 집 창문 너머 다른 집 창문이었다. 미세먼지가 심한 주말, 창밖의 뿌연 시야가 답답해 어디든 나가야 했다. 공기청정기가 있는 실내로. 주말에 아이를 데리고 갈 수 있는 곳도, 가고 싶은 곳도 나와 생각이 비슷한 사람들이 많아 경쟁해야 하는 상황. 늦잠을 포기하고 서두르지 않으면 길 위나 지하 주차장 안에 오랜 시간 갇혀 버리기 일쑤였다. 미세먼지 걱정 없이 창문을 활짝 열고 푸른 하늘과 한라산을 마주하는 주말의 집안. 제주에 이사 온 날, 휴일에도 주차장에 가득 머물러 있는 차들이 낯설었는데 이제 알겠네, 느긋해진다.

부지런히 많고도 상세한 꿈을 꾸었던 내가 바라는 줄도 모르게 바라 왔던 것들을 오랜 시간에 걸쳐 내 품에 담아 준 현명한 삶.

어린 시절, 부모님의 새해 소원을 듣고 고개를 갸웃했다. '지금처럼 우리 가족이 건강하고 편안하면 좋겠다'는 말. 우리 엄마는 내가 밥 팡팡 먹고 키 크기를 바라는데, 우리 아빠는 오빠 수학 숙제 가르치다 기초가 없다고 답답해하는데! 새해 소원으로 딸의 키와 아들의 수학 실력 대신 '지금처럼 건강하고 편안하길' 바라던 그 마음을 이제는 알 것 같다.

새해나 생일. 특별한 새로움 속에 소중한 것들만 헤아려 간절히 소망하는 우리. 지금 내 품 안의 것들이 당연하지 않음을 알기에 불안과 슬픔을 안고 더욱 꼭 껴안아 지키고픈, 그러다 결국 오늘 하루를 함께 나누고 살피는 마음이 내가 할 수 있는 전부임을 알게 된 사람의 특별하지 않은 꿈.

　딸과 책과 고양이. 곁에 있는 것들로, 곁에 있는 것들과 이 순간 가득 행복하고 싶은 마음.

　나는 매일 평범하고도 특별한 꿈을 다시 꾼다. 그리고 그것들을 이룬다. 딸, 책, 냥과 함께.

에필로그

겨울나기

지난 겨울, 평대리에서 '달책빵'을 운영하는 친구가 글쓰기 모임에 나를 초대했다.

미리 책을 읽거나, 글을 써 올 필요 없이 당일 주어진 주제에 맞는(혹은 주제와 상관없이 내 머리에 떠오르는!) 글을 한 시간 동안 쓰고 나누면 된단다.

편도 한 시간 가까이 되는 거리라 망설이자, 매주 평일과 주말, 한 번씩 하는데 토요일에만 슬쩍 껴도 된다고 울타리를 낮춰주는 친구. 고마운 맘에, '그럼 살짝 발 담가보지 뭐', 가볍게 참여해보기로 하였다.

다음 토요일, 남편, 아이 둘에게 세끼 밥을 해먹이고 홀몸으로 나와 시동을 걸었다. 평대 바닷길은 가로등도 없이 캄캄하고 고요하다. 음악을 틀어 차 안을 가득 채운다. 어쿠스틱 기타 소리. 창문을 열어 밤바다가 몰고 오는 해방감과 창작에 대한 설렘을 맘껏 들이켰다. 오늘 어떤 소재로 글을 쓸까, 고민할 틈도 없이 한 주간 학교와 가정에서 있었던 일들, 그 속의 내 모습, 그것을 만든 나의 마음. 생각 조각들이 스쳐 지나갔다.

영업을 종료한 밤의 카페. 입구를 기웃거리다 보니 책방과 연결된 뒷문이 빼꼼히 열려있다. 그곳에서 주연, 미조, 최바다와 광마영. 훗날 '천천히, 제주'라는 책을 함께 쓰게 될 이웃들을 만났다.

글쓰기를 흠모하며 몇십 년을 사는 동안, 쓰는 시간의 나는 너무나 정중하고 성실하여, 쓰는 손보다 먼저 어깨가 무거워지고 말았다. 오랫동안 짝사랑한 상대를 마주한 것 마냥 망설이며 골똘하다 자신감을 잃곤 했다. 나답게 쓰고 싶어 나다운 것을 찾아 미로에 들어갔다 그만 출구를 잃길 반복했다.

달책빵에서 마주친 이웃들의 표정은 환하고 손끝은 가벼웠다. 편하게 써도 되는구나!

백 미터 달리기 시합을 하던 운동장에 알록달록 울타리가 둘리고 비트와 위트가 어우러진 음악 속에 가볍게 몸을 흔드는 밤의 시간이 찾아온 듯. 고개를 들어 서로를 향해 미소짓다 뭔가 떠오른 듯 적어나가는 이웃들 속에 느긋해져 창가 너머 평대 바다 풍경을 바라보았다.

주말 저녁 집안일과 육아에서 벗어나 바닷가 카페에 와 있구나, 입가에 미소가 번졌다. 순간을 즐기려 맘을 가벼이 먹으니, 남편과 딸과 고양이와 나의 이야기가 굼뜨지만 힘차게 손끝으로 흘러나왔다. 어느새 10년 된 구형 아이패드 창은 한 편의 글로 가득 찼다.

그렇게 여섯 번의 회기를 마친 날, 글쓰기 동지들과 함덕의 술집에서 서로의 생각과 글이 잊히지 않도록 단도리 했다. 매주 한 편씩의 글 혹은 책 기획 성과를 공유하고, 최종적으로 4월 첫째 주에 열리는 제주 북 페어에서 각자가 제작한 독립출판물을 판매하기로 약속하고야 만다.

오천원이라는 귀여운 벌칙금을 두려워하며 우리는 약간의 긴장과 큰 설렘을 안고 각자의 생활과 마음을 적어나갔다. 3월부터는 책 만들기를 시작해야 하니, 남은 겨울 동안 매주 한 두편의 글을 번갯불에 콩 볶아 먹듯 썼다. 그러면서 글쓰기의 미로를 혼자 헤맬 땐 알지 못했던 다섯 가지 교훈을 얻게 되었다.

1. (성실하나 부지런하지 않은 남편과 아롱이다롱이인 딸 둘, 새콤달콤 털 복숭 냥이 둘을 키우며 일하는 엄마로 사는) 삶에는 사건이 넘쳐나며 소재의 고갈로 글을 못 쓰게 되는 일은 없다.

2. 글쓰기는 태도이자 습관이며, 죽이 되든 밥이 되든 엉덩이를 누르고 앉아서 끄적이는 순간 글 세계를 여닫는 문이 생긴다. 맞는 문을 연 운 좋은 날엔 아름답고 개성 있는 모양새의 방에서 영혼을 정화하고 용기를 얻을 수 있게 된다.

3. 만들어 내는 사람의 눈으로 본 세상은 놀랍도록 새롭고 아득하게 슬프며 알차게 즐겁다.

4. 내가 쓰는 글이 대단해야 하는 것은 아니다. 그토록

좋은 글과 훌륭한 책들을 읽고도 기죽지 않고 무엇이든 써내는 나는 이미 대단한 사람이다.

5. 인생의 파도는 먼 곳에서 주어지고 나는 그저 부유한다. 둥둥 떠다니는 동안 무엇을 살피고 어떻게 느끼고 얼마나 얻을지에 대한 삶의 자세만은 내 몫이다.

그렇게 첫 번째 북 페어에서 새로운 작가들을 만나고 미래의 작가들과도 이야기를 나누며, 내 삶의 파도가 시작된 먼 곳의 바다 또한 궁금해졌다.

쓰면 쓸수록 쓸 것이 더 많아지는 나의 세계. 나는 글 쓰는 내가 좋아, 매년 벚꽃이 피는 계절에 책을 만든다.

한 해 동안 뿌려져 어느새 고개를 내민 새싹을 펼쳐본다.

딸책냥

© 차차 2024

초판 1쇄 발행 2024년 3월 30일

글, 사진	차차
편집	차차
출판사	달책빵
펴낸곳	달책빵
펴낸이	박주현
출판등록	제2022-37호(2022년 6월 23일)
주소	제주시 구좌읍 대수길 10-12
가격	14,000원
ISBN	979-11-979778-7-9
이메일	njiwon7@gmail.com
인스타그램	@saryeoni_book